花神的跫音

侯宗華 著

目次

第三章 漂泊的夢

第四章 悟

第五章 千面英雄

第一章

花神的跫音

蜉蝣般漂泊——是為了遺忘無法訴說的悲傷……

來到人跡罕至深林，趁著蟬鳴響風沁涼，便率性在石上兀坐。凝神——潛心默照。日暮時——樹林間隙滲透的金色光芒染紅了植被，很快越來越暗了，周遭越發靜寂，奇異的是我非但毫不畏懼，更生起留宿山野之心。

坐至深夜，恍惚間——聞到了難以辨識的花香，伴隨著纖細柔美的旋律……

「……是花神的跫音嗎？」

我自詡為理性的不可知論者，亦深諳幻境不可著相之理，然而儘管閉目，眼前一女子輪廓卻悄然浮現——著素雅古衣，步履優雅輕盈，那馨香許是源自於她……隨著她的牽引召喚，我彷若離魂出體，心中隱匿的苦楚糾結竟逐漸……釋然遠去了。當下，我湧現了種種疑惑——難道情染是附著於肉身的原罪？為何身而為人，靈肉必得乘載多舛、難以忘懷的忌恨與苦楚？

當我再度醒來，驚覺自己身處似自然，卻超脫凡塵——無垠蒼茫奇境，聽見的聲響也非我樸拙的詞藻所能形容……

或許自然正以曖昧誘人的幻境，呈現其純潔無染的本然面目，抑或是我的魂魄穿透了億萬光年——人類早已滅絕，自然神靈得以綿延盤亙，統御大地？我曾在薩滿文獻裏讀到：

薩滿視自然萬有為神，山河大地皆為隱蔽的神靈……

花亦有神——唯有極少數薩滿，能與隱藏在花裏的神靈溝通……

當她再度現身，凝神互望——眼淚不禁流下了。我相信了輪迴，深信我早已認識了妳……

無題

穿透了億萬光年之後——
我甦醒……

看見那渾然天成
大地甦生
無以計數的生命體綻放著……
枝椏千里蔓延——
幻化為豐饒的溼地與雨林

峭壁聳立——
猿猴攏盪著蔓藤
金翅鳥翺翔天際
鳴叫聲繚繞谷壑間
雲朵滲下斑斕彩光——

沒有惱人的鬥爭
——哲學、階級、各種主義
唯有渺無邊際的混沌……

初見

她，是誰呢？
優雅地
緩步走來

僅僅一瞥——
我們就照亮了
彼此
——古老的靈魂

初遇的心音——
那滴冰冷、微顫的露珠
薄蟬翼般地透

花神的跫音

那是遠古——
沒有目的，獻給美神的
花祭

樂手，按既定
精準節拍與韻律
擊鼓——
眾巫女唱和
琵琶古箏聲沁響……

巫女——
以金絲與黑綢緞
繡繪金孔雀
披在她雪白豐腴的肉體
一襲金縷衣

花神，金扇遮面
循著古樂步伐
一個身轉，剎那——
百花祭壇綻開了！

嗚啦嗚啦的笛子哪
嘩啦嘩啦的水聲呀
她的步伐——
——花神纖巧的跫音
花叢裏閃耀發光的舞蹈哪！

白鷴鳥

山澗響……
白鷴鳥飛
雪白長羽尾飄盪著
輕靈一躍——
消融了
澈寒霧白

那是
我們夢迴已久的
無人之境？

暗香

脆弱，精微一閃——
——星子劃過了空澈無垠——

某些——
欣悅、隱蔽的什麼——
悄然盛放了……

她，遞給我——
一朵幽馥晶透的小白花
悠悠唱著……

要小心翼翼地
呵護——每一朵
花呀

即使風——帶走了花
也要憶起
曾經，輕拂過臉龐……
那純澈、清雅的
暗香

花之綻

純真之地，花神——以歌聲喚醒了
——百花之魂

茉莉花——白皙，孤寂
幽幽輕咏著永恒——
誓言承諾
剎那——一曲餘音天空震盪……
——灑下了溫潤如玉的雨

百合花——純澈、俏皮
小心翼翼捧著
凝露一滴
品嘗著
晨曦——幽微透亮的甜

彼岸花——鳴琴，修長纖指
——傾瀉著情人悲傷的
回憶，夢焚……
紅豔的淚
瞬間——化為灼亮的詩

蠟梅香飄漾著疏落星子
牽擁著玫瑰與紫丁香喚來了
風信子牡丹
牽擁了極樂鳥花飄飛……

牽擁了
繁花之海——喚醒綿延無垠湧動著
結晶，音綻——

「你們……存在的目的，是什麼呢？」

我問。嘗試掩飾驚愕羞澀，竭盡思慮歸納——著什麼，祂們都笑了……

「詩的目的——是什麼呢？」

花神，輕笑著說

樂之綻

她狂野地舞……
喚醒了被遺棄的
——樂之綻

榊木林裏的小精靈也來了
咿呀咿呀地唱著歌

冰川漂流木鋼琴瘋狂走音
撞擊了斷弦的巴拉萊卡琴
波西米亞熱情的烏克麗麗
擁吻孤傲瘦削的黑尺八
小提琴與豎琴呀
共舞狂野的美女冬不拉

手蝶咚啪啦咚響……
天鼓撼動了月亮的心臟
伴隨著山澗淅瀝淅瀝響……
琵琶響回應了黑洞光

黑洞光音——引發了共振……
隕礦共振錘擊了蝶翼星雲——

蝶翼振翅——
攪動了銀河動脈渦流……

——她狂野地舞、她狂野地舞、她狂野地舞……

美麗的沉默

湖面——
映著一葉扁舟
與星河

她的眼眸
泛著光
　——薄澈清透地

彷若從未知曉
俗世的悲——
與沉

妳來自……
那遙遠的地方嗎？
我問，指著銀河

——她輕輕笑了

我們的相遇——
是否早已越過了
千迴百轉的
荏苒？

無論我如何傾訴
她總是輕盈笑著
——美麗沉默

我終於明白
美盛放著——
一切都是多餘……

我們望向了天際
銀河——是如此的靠近

紫色花火、紫色的夢

傳說，那高不可攀的銀河
住著永生不死的天人

終日揮灑著
紫色花火、紫色的夢
傾倒入古雅，悠然的眠

當天人厭倦了
無垠華韶——
無垠歡悅的日子

是否，會嚮往
身而為人的
墜落——苦難與眼淚？

當人類厭倦了
——恨意與殺戮
是否會憶起
曾經——馳騁銀河之上——
那燦美——
無憂的歲月？

透蝕

意念驅使——
燦曜折射隕礦懸浮
於掌中
啪碎——化為熔岩流淌
融入……太透明的——意識之
透

心音瓊響——
棲居於詭譎——詩意，永恆的
虛無
如此絕對
透——不容置疑？
望向腳邊蔓生著蓊綠
俯身，拾起暖泥與嫩新芽

那溼漉表象下
竟不曾和水，不曾——
吐納著拮抗、猛勁的
——生之欲

如果？如果——
以狂亂辯證之刃與血
凝聚，召喚
不羈——禁忌雷鳴
被遺棄的對立音
摧破亙古法則之獄
——失序真實
的
召喚音

奏鳴——
奏鳴蝕——
晶澈碎裂響——

銀河光芒——漸趨傾斜
溼潤果核剎那枯萎腐蝕——
焚燒了紛飛花瓣的血
紊亂髮絲戮力
——撥奏——
蝕驟響——餘波傾瀉著反叛
分裂了
透

顛倒夢境大地熾紅
——淒厲一音

銀河劃斷——
——巨大裂口噬人之花湧現——
無數醜濁魔神飛竄……
慄鳴尖叫——

花神
冰冷的手
摀住了——我的眼

最後的凝視

「天人五衰——妳害怕嗎？」

金色沙——啦沙啦沙啦沙……
在她白皙細長的指間流淌著
我不經意提起了
天人的傳說

她，輕輕地搖頭
望向了我
凝視——深邃明澈

面對衰朽無常
我一無所懼，卻畏懼著
妳，澄澈的眼，纖薄無瑕縷衣
青絲淡雅馥郁，飄漾著

吻——太過溼漉地
透明

滲透了斷裂的
過度光明——消融了
苦難的渴
與鹽

肉身基石——血，與骨
雜質
逐漸消解
化作縹緲的……
生命？——失落了死亡
與時針？

「你，懷念那個世界嗎？」
「我不知道……」
她知道。
她發散著悲傷——冰晶幽微
「即使……回去之後，就無法再回來？」
長久緘默以後——
「妳，會跟我走嗎？」
突如其來的吻——
臉龐，初次
濡溼了
她的

淚

「……我，已經把眼淚還給你了。」

我緩緩睜開了雙眼

——曙光中，她消失了

或者，從未存在

後記

那經歷太過離奇——我深信是旅途過度疲憊，產生了幻覺……

不久，我結束了漂泊之旅回到臺灣。由於執導的電影賠錢，我開始了報社主編的生涯。炙熱夏夜裏，那幻境——不時縈繞在我的夢中。有時醒來，我甚至懷疑——身處充滿鬥爭、殺戮與戰火的現實，才是最荒誕的夢吧。我的五官六感，逐漸被那幻境吞噬了……

我感到——恐怖顫慄，卻又彷若坐擁神祕寶藏般，不時陷入難解詭譎，甚至有些病態的喜悅。為了擺脫矛盾的心境，我嘗試將這段經歷改寫成小說，後來我始終沒有寫成……未完的小說，成了——詩的殘篇。

第二章

菲林式散步者

二〇二四年臺北，獅子林大樓——

那是充滿時代印記的頹廢建築，就像香港的老舊城寨，塗鴉的綠鏽鐵捲門、靜止的電動手扶梯與老式電玩，光影幽暗角落——不時有蹣跚的幽影緩緩移動著。

她拍攝，我是主角，當時我接受文學雜誌訪談。為了用底片拍，她決定將壞掉的底片相機送修，想不到相機奇蹟似地沒壞？

底片不能回放，拍攝過程像是垮掉一代的行動藝術表演，結果更是充斥著興奮與期待，孤僻的我實在極少被拍攝，才產生如此誇張的印象吧。

她煞費苦心地拍下我的「手」，嘗試以逆光構圖再現〈創造亞當〉。我看著她放飛自我傻笑的模樣……異常感動，感動到我假裝自己完全不懂她拍攝的邏輯，不懂她傻笑的理由。

結束拍攝行程後，我們隨興找了咖啡廳，天南地北的聊——聊著高達與佛列茲．朗的辯論，王家衛的構圖與夏永康的即興、坂本龍一的音樂與〈反〉傳記實驗、哲學、宗教……班雅明的破碎人生、拍電影與寫詩的理由、理論物理與詩的連結，一些傷感往事……我發現我們的生命經歷極其相似，共鳴——不需要解釋，不需要——對彼此隱藏偽裝……

——剎那間，我彷彿看到花神的臉與她的臉，彼此重疊……

聽說，真正的攝影大師，能從照片裏，看見被拍攝者最真實的靈魂。妳呢？當妳拍下了我，妳是否早已洞悉了——我靈魂裏，最深處的祕密？

沙拉紀念日

那本詩集幾乎被遺忘了
幸好，愛永遠在

妳青春菲林裏的大眼睛
輕盈照亮了那本詩集
脆化的——
綠蔭翡頁

當我們自由地
玩耍狂傲頹廢的黑白底片
大口吃著鯡魚沙拉與鰻魚飯
無私無想——
像兩個青春不羈的孩子
挑戰所有禁忌……

那一天
就是我們的沙拉紀念日

日曜日式散步者復刻

銀色相機裏的銀色月亮
銀髮簪裏銀色的妳
復刻古早味超現實舞步
優雅地步入——日曜日1933

活版印刷——鑄字行裏
工頭揮灑著油墨汗水
與詩刊編輯討價還價
鉛液澆灌、銅模鑄詩
——潑灑了一地火紅

風車詩社——詩人們
品茗著烏龍茶與羊羹
聆聽蓄音器播放〈宵待草〉
嘲諷主流冬烘的圍剿

大言不慚——辯證新潮的
La poésie surréaliste
戲謔模仿抽菸的
——瀧口修造實驗詩

底片、灰西裝與白月光——
哪首詩裏的月亮更加超現實？
當竹久夢二來臺演講——
在警察會館舉辦畫展
那批滯歐畫
——究竟去了哪？

穿越吧穿越時代——
避開槍管與思想審查

避開將臨的政治風暴
黑鞋油跳著踢踏舞
舞弄風笛……
舞弄西門町
——浪漫之戀
禁忌下更加熾烈
讓我們在黑白菲林裏
復刻超現實的日曜日抽象

此刻——夜黑風高……
宵小，壓低帽簷
從會館盜走了〈黑船屋〉
奔往交易碼頭路上，他悄悄
打開了畫，偷看，驚愕叫出——

模特兒お葉手裏的黑貓
——眨了眨眼，輕靈跳出了2025

快門之刃

她絮叨著表示——
熱愛森山大道的理論
我不懂

我更喜歡夏永康
流淌著神祕曖昧的偶發
她同意——全然地

反覆琢磨
底片相機不斷測試，俐落
刪減了許多
抽象、太過於矯飾的理論
——硬菓核與乾燥花

她，決絕凝神猶如武士般
寂心無念
按下——快門之刃

剎那未知光影裏——
（喀嚓）
——靈魂偷歡著野蠻
跳起了危險舞步——
（喀嚓）
——焦距對決著剛與柔
赤裸的獸在咆哮——
（喀嚓喀嚓）

她白皙的手喜悅顫慄……
猶豫，渴望攫取

再一次——亞當示現

然而隱蔽的獸，早已盜取了

彼此火種

——從自我與靈魂的心臟

反抗、太過於反抗的浪漫

我依舊在寫詩反抗著什麼
她也依舊要靠菲林
反抗著什麼

兩道熾烈靈光——
依舊渴望發生點什麼
渴望著……

焚燒，共鳴——
即興的底片、即興的詩
見證浪漫主義偏執狂從未死去
菸火柴點燃了導演墨鏡

論高達與王家衛影像共性——
在影評人無數引用裏囚泳

好了該扔掉墨鏡？
還是鏡頭語言？
折射鏡像無數戲謔戲仿
迴旋舞驟停於——高達與楚浮決裂
卡繆與波娃的傷口永不熄滅

其實背地裏，我們都享受破壞
——的啜泣，為了創造
那是身為威權反抗者的自虐習性
無法從意識場域創造獨特宇宙觀
的詩人——
不是詩人

如今百分之九十九的詩歌已死
——妳是否願意用底片將它復活？

（她的手發抖，停止了拍攝）

這樣吧！——敬我們最美好的
破壞
我們先從最簡單
的一個吻，開始——實驗性創造
場域——創造永恆

浪漫式散步者 Ⅰ

技術是無情的，我可不想讓自己成為一臺機器。
——佛列茲・朗

一

我們討論著高達
與佛列茲・朗，圍繞著
浪漫主義是否
已死，與宇宙論、時間母題
星系邁向滅亡的
神話

讓跳躍、太過於跳躍式的
浪漫式散步者復活
——音符翩然合奏吧

即興，混雜著西田幾多郎
場所論述——

「什麼樣的錘煉，足以讓意識場域
凌駕肉體侷限？」
墨鏡下的高達嘲諷著，甚至
嘲諷了死——死然後
——復活

二

無限音轉——
電影之書：顏色語言拼貼——
再拼貼！綜合所有駁雜符號學
博物館學與藝術史電影史

跳出去！跳……

讓超現實宇宙潑灑咖啡香
讓歷史化身狡兔酒吧
讓達利瞪眼火烤——
將時間黏土熔化黑螞蟻
讓我將她美麗的側臉速寫
或以一首即興俳句給付咖啡錢
讓拈鬚達利與畢卡索在旁乾瞪眼
妳不知道嗎？在那靈光尚未消逝的年代
（但是現在談班雅明有些過時了）
甚至一隻龍蝦都足以
舉起通紅蟹螯咆哮——
某種舊酒裝新瓶的
主義——從未過時

三

葛楚・史坦——
將法國放入心臟，剪下
一朵玫瑰花就是一朵玫瑰花就是
一朵玫瑰花的花瓣
與跳動的心臟一起
——拼、貼、抽、象

坂本龍一枯瘦的手
依舊以電子琴，雨聲實驗
水桶叮噹響……
在安德烈・塔可夫斯基的長鏡頭裏
玩轉永恆的
節拍的

鋼琴節拍器
……滴答滴答
伴隨——德布西
古斯塔夫・霍爾斯特行星組曲
生命與死亡又再一次輪迴——回歸
亙古母題

喝完黑咖啡剎那——
音符交織成——希區考特影像裏
溫暖，工整安全的
——古典好萊塢式構圖

我內心卻依舊渴望召喚
——韋納・荷索，打碎手機螢幕吧！
用底片執導下一部無預算電影

讓拉斯普丁與克勞・金斯基聯手
將巨船拖上火山口
對熾熱噴湧的岩漿瘋狂吶喊：
——我們將在此建造修道院！

邪教

論及邪教，她不禁
——打了個寒顫

我那愚蠢的朋友
陷落於舊酒裝新瓶的
——宗教鬼扯淡
深信只要臣服於
虛妄高靈，足以——
讓糟至透頂的鄙瑣生命
重獲尊嚴、慰藉與福佑

那我得提及更愚蠢的朋友
著了另一套更可怕的道——
沒有靈性八道胡說
更有次第縝密

的精神訓練

齊截制服、燦然發光的口號——
玩轉話術，冠上詭譎心理名相
在團隊微笑面具監控下
賜予生命輝煌宏大的
新目標——（我彷彿聽見太過尖銳的
歡呼聲）竟成功讓我破防？
幸好……
理性猶在

那我也想試試被破防的感覺
你？不可能的！

此刻
回憶與緘默流淌……
原來我們都曾見證
自我與靈魂，在極致闇黑的夜裏
靜靜決鬥

廢物

沉默許久以後，我問
（用一種刻意的，哲學式散步者語調）
對妳而言，何謂——詩的本質？
待她回答，足以使我剽竊
下一本詩集的靈感

她沉默許久——
（我深信以她的質樸、歷練與真誠
將意外道出同安妮・艾諾般
飽含血與骨的智慧箴言）

忽地惱怒咆哮——
會有人蠢到問呼吸是什麼？
心跳是什麼？

連愛的痛苦
都不敢承擔的
廢物，沒資格談詩！
你這個廢物、廢物、澈底的——
咬文嚼字的廢物！

妳什麼意思？
還有什麼意思——我愛你！

幻想

我們幻想著
真摯的
愛

真實的愛
卻藏在
冰冷鋒利的
刃——
底下
是種種需要
被虛飾的
奢望

離別——夢境蜉蝣

一

當眠神游移在曖昧光影——
一再抓住、捕捉、失去……

是誰，不斷追逐著
底片華爾滋
快門——踢踏舞之刃

逆光劍影的愛與死
顯影了花火蝕刻底片
失去純真、失去最後的……

驟雨淋溼了底片
幻化出懸崖般

——美，與暈眩的
側寫
鴆毒快門
沖洗出靈魂真實
幀幀顯影，暗喻彼此的
隱晦背叛——卻無人面對

二

當班雅明嘲諷——
保羅・克利新天使鏡像
我們看著照片沖洗
邊大笑嘲諷著班雅明
總可以玩轉元素，賦予
抽象——矯飾靈光

對比真實生命
卻如此不堪一擊？

或許，那是他刻意的
——符號學表演？
誰才是情慾戲臺上
最完美的演繹？

還是談談電影吧！
當那朵受傷的開羅紫玫瑰
奮不顧身躍入大螢幕
浪漫與赤裸得以
合法、太過於合法的形式存在
如果我們太過嚴肅看待……
難道——

一切——都只是為了成就藝術？

三

是吧？或許……
黑白顯影——本不該在想像之外存活
否則承諾，更不如廢紙簍裏的
荒唐言

恐懼淹沒於求生本能
生物基因，依舊得
戮力掙扎——避免
後現代諭示的
終局

冷雨落入她的眼
離別——夢境蜉蝣
華麗假高音的生物奏鳴……

所以，那就是終章了？
——記憶、逐漸褪色的靈光
如同高達菲林裏的沙特——
——跳躍音符般的高談闊論
將會在誰的靈魂菲林裏——
——不斷沖洗？

「謝謝妳拍我。」
語畢，我頭也不回地離開了

冷藍色墨鏡香水

飄飛雨絲，游離……
在深灰色都市光影裏
咖啡廳玻璃映射著亂髮
——撕碎了底片紛飛

刻意偽裝的垮掉派
——詩風？——還是垃圾？
為何，鐵鏽般緊攥著
那毫無意義的奢望
——抑或是嘲諷？

忍不住吶喊……回音般
吶喊著妳？
哦不是的，我正在思考
更精準、更當代的——抒情詩語境

思考著誰？但
就不是妳

緊咬著唇
說服自己像個
時尚、儒雅的文青詩人
——哀傷，該有更加新穎
的美學——詞彙表演

詭譎香氣襲來，橘紅冷光
伴隨著咖啡廳老闆娘熱情呼喚……

『我記得你——
那場詩擂臺表演很有趣』
『我……記得妳？妳長得頗像

太宰治小說裏的酒館女老闆？
還是坂口安吾的小說？
我忘了……』

恍惚凝視著
藍色魅惑指甲鑲銀
捲長髮纖瘦的她，緩緩遞給我一只
鑲著墨鏡方形，紳士優雅的
——冷藍色墨鏡香水

我彷彿被拉斯普丁的藍眼睛
催眠——順服地滴了
一滴，抹在頸脖與胸口

冷藍色墨鏡香水

緩緩褪去了記憶，最初的
香氣——揉雜著迷幻與墮落
卻喚醒了……

我搖了搖頭試圖清醒
老闆娘與香水瓶早已消失
而女店員正白著眼……
聞了聞手與脖子，竟是
——香氣猶存？

點了基本款義式黑咖啡，坐下來
試圖，以優雅之姿提筆
筆尖，顫抖猶疑……
直到那熟悉電影旋律響起——Quizás, Quizás, Quizás

不遠處另一女子點起薄荷菸
投來若有似無的曖昧

我彷彿頓悟了
冷藍色墨鏡香水的啟示
決意回應——以優雅微笑
緩緩起身，紳士般地

將真摯的思念與溫柔
留在，潮溼的
——記憶扉頁

我終於
學會了，優雅的
武裝

第三章

漂泊的夢

我繼續了漂泊之旅，走遍全世界，傾聽內心深處渴望的——一張臉……漂泊的夢、湧動群峰、如縷金絲的音符旋律……我尋覓心中熾烈燃燒的什麼——純澈精神的源頭，或許是救贖？

旅途中——迎向無數男男女女、孩子、苦行僧、戰火、貧窮與大地的汙染、微笑、眼淚與吶喊……心流湧動在行旅的步伐，幻化為無數詞雨，在孤寂靜夜裏輕靈灑落著字符宮闕矩陣，如武滿徹作曲——在高反差樂譜上自由暢快的塗鴉……虛假硬殼被摧破，一首首詩的伏流湧現了……我逐漸領悟到原來生命信息——彼此正熾烈，相互關聯著。

誰，能真正了解人類的脆弱與悲傷？聆聽地殼逐漸蔓生的傷口、裂痕與吶喊……最初，我渴望逃避——最終，我——萬有——詩——皆邁向了浩瀚，瀕死的融化——最終的和解……我看見了內心永恆閃耀著妳——我不再逃避。

夢焚

夢，焚燒著罪……
焚燒著
禁忌的春天
肉身的渴
——與凋零
直到
焚燒了
最後一首詩
最後的
渴——
與愛

誰
又將踏上
無垠的漂泊之旅

漂泊的夢

為何
成了遊蕩的
漂泊的
夢？

夢裏
熾紅的底片
在燃燒……

漂泊的夢
絲綢般流過了妳
流過了古銅色車站
流過褪色的油畫
銀色的馬

呼喚著妳
妳卻颯然騎上銀色的馬
不告而別
奔向了——
閃耀的銀河

爸爸

是誰……
又在呼喚我了？

夜半
我伸出了手
撫觸，這一世
無法碰觸的
你的臉

我，渴了

迷失於
水銀似的塔羅
迷失於妳，逆光——
流淌著逆旅，漂泊無垠

愚鈍的我，始終無法理解
夢閃耀，而陽光赤裸
循著渴而去，我顫慄——
——撕碎了命運岔口

誰——抽走了命運之牌？
白皙的手，溫柔包裹著蒼白的魂
不羈的夢早已隨著
——流淌著斷裂的預言，崩解

奔向了
原初的死亡與重生
飛鳥的歸途悄悄隱沒

命運

我知曉我的命運——
我不該沉溺於此
我豎立起孤傲不羈的烽火
成為踽踽獨行的流浪者——
我早已厭倦無數停滯歌唱的日子

我知道未來——
我將寫下無數璀璨壯麗的詩行
實踐所有未完的夢——
我知道我不該沉淪於此……

我不想將夢留給明天
將所有的渴望與行動留給當下
我早已失去一切——卻依舊傲然獨立……
——我知道我不該沉淪於此

巫

孤身一人
攀越那隱匿，神祕古蹟
嘶竭吶喊——群峰下雨林無盡
枯竭的心，從未
祈求回應

是否，觸犯了禁地咒詛？
怵然雷霆——磅礴雲雨湧現……
巨大麋鹿角闇影迅疾劃過
臉龐——血痕驚愕？
伴隨著無數動物軀殼穿越
重重無盡疊影騰飛著……

高大耆巫降臨
乘威嚴怒火狂奔而來

粗獷巨手，扼住咽喉撕碎胸膛
撕碎了——哪一層虛偽的皮？

無垠神祇自胸中竄出——
那最巨者長滿黑羽
竟是魁翅蛇身——庫庫爾坎
朝天長嘯哀鳴——
雲湧雲湧閃過幕幕幻境
可怖的屠殺殖民史
倏然示現

古蹟還原——巍峨金字塔
伴隨著紛飛火炬劃過弧線
無數金縷面具巫師圍繞著
吹奏擊打果殼駝顱叮咚響

迫我吞服藥草，戴上面具……

耆巫誦咒——癲癇抽搐著未知神啟
詭譎電流脊柱竄升……
震碎制約——五官六感無垠擴張
共振著地殼心臟
共振——蛇之心、蒼鷹之心
獵豹之心、瘋象之心……
無數猛獸銳眼灼燒
躍入心臟——

循著本能
鳶尾花炙渴呼喚……
穿越神木雨林狂奔
朝眼前灰岩草原狂奔

黑馬鬃毛射出亙古闇巫吹箭
狂奔、狂奔、飛箭般狂奔……

雷電掣響劈斷了神木
撿起燃燒斷枝朝天射出
箭毒齜牙的原始標槍
呀呼——大地神共舞咆哮……

奔向陡峭峽谷一躍——
躍入絕壁浩瀚瀑布激流
死藤水影，奪目映射出——
生猛、野性的巫師面孔
我，傲然宣稱自己
——是古老，神聖的巫師後代！

消失的歲月

隱蔽岩洞裏
覺悟聖者，以磐石靜默
教誨門徒，探入意識——
依循太陽熾烈、堅實步履
回歸純澈，亙古原始
邁向——無始無終

岩洞外
漫步於夏蟬唧鳴的山徑
樹叢窸窣作響著……
抬頭，猿猴擺盪著藤蔓
抛來一只芳馥柑橘
迎面走來的婦女歡悅
吟唱著布施，以鮮醇乳粥

我，緩緩舉起手印
回應——以經文誠摯祝禱

那瑜珈士老友
枯瘦，慈祥，如溫馴老羊
時常——以放大鏡聚攏陽光
於死鳥。有時——一只死蝶

光照下——
鳥——緩緩撲翼
蝶——飛入掌心
他多次表演相同的把戲
我始終無法
參透

炙熱夏夜
老虎巨大飽滿的頭顱
倒臥在冥思的腿上酣眠
暢享著，被時間與文明
遺忘

晨曦——漫步溪澗
凝視，紫色天空浮現了
第一縷光芒——縷縷金絲光芒——
灑落了粼粼湧動的波光……

無目的曳航的心
為何……
盈滿了慈柔的雨？

心音響起——那急切呼喚
——源自地殼瀕毀的喘息
靈視未知——驚懼襲來！
責任？戰慄幻象湧現——
我躍入溪澗試圖逃避……

聖者慈藹走來，以玩笑口吻說道：
「孩子，你還要在水裏待多久？」

我，幡然醒悟
赤裸起身，迎向聖者深邃凝視
勇猛無懼靈魂熾火，瞬間——
躍入眼中

「去吧孩子，去告訴人們

簡單的信息。」

苦行僧、動物好友們
緩步聚集，煥發著悲傷
彼此祝禱，強忍著不捨……
決然——

轉身——化身蒼鷹
——朝歸返世界的險徑徜徉飛去

蒼鷹

那是漂泊者的喜悅
——鷹的喜悅

飛越虐饕雪峰、灼毒雨林……
飛越了亙古基石，敞開巨大雙翼——
冰晶雲揮霍了狂喜無盡

盛放——悅納萬有的胸襟
照亮——陰鬱頹闇的谷壑

擁抱著渴——與渴望者
靈魂凝視，唯有愛與真摯

詩——夢的蒼鷹
祕密飛向了
緘默賜予——永恆無垠

戰地紀錄片導演

他早已習於偽裝
　　——與躲藏
　失聰的右耳是炮火的冠冕
手持攝影是他的武器，記錄著
殘酷——被吞噬的真相

周遭崩毀著建築物轟炸——
　他趕忙拍下——不時
　　得閃避無情兵戎

背著沉重攝影包
來到——響澈殘破哭喊的地下避難所
　聆聽——恐怖統御下
　　——被屠戮的心聲

他與所有人攀談、擁抱……
緊握彼此的手——
　那邊有人緊抱著孩子
——永睡不醒的軀殼冰冷
分享彼此的慰藉，與智慧
未知下一秒
——許或就是死別

屠殺者，竟與被屠殺者一樣無奈
聆聽這一切荒誕
他數度崩潰，卻又堅持拍攝……

連環機關槍聲響起——
　　　　　誰倒下了？
本能迅疾——尋找隱蔽

左右晃動著運鏡搜尋
長焦鏡頭
竟沾染了身上——濡溼的血
「帶我走、帶我走……」
女孩，抓住他的牛仔褲哭喊……

女孩協助他止血，兩人一路奔逃
——來到邊界附近
從村民口中得知自己——
竟成了緝拿目標？
原因是他前一部反戰紀錄片
在影展大放異彩

邊境已近——希望近了

軍隊窮追不捨，槍傷
……使他欲振乏力、瀕臨昏厥
——耳畔轟地一聲響——
——他拍下了最後畫面
——炮火震碎了鏡頭
他，從未如此近距離
凝視——熾焰光芒閃耀著玻璃瓦礫——
慢動作——唯美，致命的……

抽出記憶卡拋給女孩
要她帶走，跨越邊境
跑！跑！跑——

他望著女孩衝向邊境

衝向了蜂擁逃難人潮
煙硝中——他終於微笑
……緩緩，平靜地
闔上了眼

影展上，女孩平靜地訴說著
戰地紀錄片導演的故事
大螢幕裏——
他粗獷，滿布鬍碴的臉
清朗吟誦著樸拙——反戰之詩
那是他逃難時，請女孩錄製
——純摯，平息戰火的
——渴，與吶喊
——最終的慈悲與和解
——對殺戮者，對造就這一切的你，與我

地殼裂痕

孩子們厲聲哭喊——震碎了
即將消失的原始部落

依循AI測度
斷裂岩層，裸露出
四十四億年——藍鋯石晶岩脈
噴湧喘息著滾燙呼吸……
證實地殼——巨大裂痕誕生！

前研鐵幕，戮力
抑制——崩毀，倒數進程
不不！
他們大內宣說
「一切所有駭人的毀滅
絕不會發生！」

……地心，震懾咆哮

——衝破所有算計路徑

咆哮迸發著岩漿獻祭

召喚黑洞與隕石獻祭

——豐沛的賜予被剝奪

——呼吸窒息

——無數黑針刺進地殼

渴飲血液噴湧，裂痕——

逐漸巨大，顢頇掌權者依舊嘲笑

戰火鼓舞著渺小虛構的催眠

吸收了飢餓蟻螻的哭喊數據

吸收了永無止盡屠戮轟炸影像

龜裂傷口與病毒決裂

——獻祭病毒

快呀伸出手，牽住你的手
你牽住他的手……
將滾燙發光的靈肉骨髓注入地殼靜脈——
雨林狂嗥、冰川撞擊——
躍入巨聳瀑布的渺小身影——
赤裸直視——被遺棄的浩瀚——生命信息

戮力反叛拒絕上蒼的手
戮力被炮火轟炸的土地復活
戮力歌唱著原始部落的母語復活
被文明荼毒——麻痺的心靈電擊復活

狂人意志，灼燒著
超脫——不畏生死的瘋狂鐵鎚
——釘入地殼，長出新芽麥穗縫合

暢快呼吸著潮汐脈動
呼吸著礦脈流淌……

我就是你——粗獷地殼！
你就是我——瘋狂無畏的生命！

簡單的信息

當萬有元素結構延展
如那澄澈分形無盡迴旋
真理信息，是否亦該簡潔
——公式光明

柔軟水銀流淌著人性
千面神話指涉，如漏斗
絲滑流入——物理定律純粹
太過於純粹的
——無垠消融

2.6萬光年外黑洞凝視——
兩世紀前，渺小白皙的雪萊
激情吶喊被斥為荒謬妄想

見證，優雅嘲諷著如今
——以古箏幾何旋律

小信的人哪！為何耽溺於
昏謬、蠕動的蝸角鬥爭
高傲病毒宣示了
巍峨象徵

喚醒吧！
喚醒梅什金公爵
喚醒——約翰・藍儂
與小野洋子赤身裸體
喚醒——愛因斯坦與雪萊
——純粹歡悅的宇宙頌歌

如今，哪個瘋人或盲者仍願
掙脫鎖鏈，登高一呼
——末日近了！
——讓屠戮戰火平息，讓獨裁者覺醒
治癒傷口，治癒大地
——我只想傳遞，簡單的信息

第四章

悟

曾經——那是最孤傲、瘋狂的歲月，全神灌注於存在的終極母題——自由。為此，我疏離世界，澈底忘卻了生存的語法與規則，包含詩。

最終，萬有消解褪去——成了空無。如今，那些追尋的歲月恍若隔世了。直到——花神的跫音，逐步，將漂泊無垠的記憶一一喚醒——累世塵封的愛與恨，也越發清晰……

詩，復活了。

路消失了

路消失了
我們會如何呢？

億萬年後——
山野枯木長出稚嫩新芽
腐朽斷木
在湍急的激流裏流浪……

金翅鳥

肉體的
——渴
精神的
——磨難
兀守緘默
——如沉鐘雷鳴
凝神
以業已失落的
古神之刃
鍛鑄金翅鳥
靈思迸發剎那——

陰影，死亡翅翼
俯衝——呼嘯襲來

詩學

幾何——金匠巧藝煅造音律瓊響
摧破冶煉——水銀宮闕倒影伏流
湧動著剎那抗辯——絕對的，一閃即逝的

石川雲蝶

滿月夜——石川雲蝶醉倒
在無比神聖的西福寺

眾老僧皺眉，卻敢怒不敢言
那可是他的工作呀
雕刻天井？可希望
不是搞破壞

狂醉夜渴飲著滿月光
巨蝶翅影——襲擊了
通紅的鼻，打了個巨大噴嚏！

靈思泉湧一躍而起
朝梁木大斧一劈、再劈、三劈……
斷木——浮現了狂傲臂膀

邊劈邊砍邊灌酒狂笑
小沙彌攀上窗櫺偷窺
這雕刻師傅，活像個央仇魔羅？

活脫脫的金剛力士倏然現形——
他左看右看……就覺得哪兒差了點意思

「不懂品嘗美酒的金剛力士不算好神明！」
抄起鑿刀，鑿了個血盆大口
咕嚕咕嚕灌酒……差點忘了！
唰——毛筆蘸了金漆開眼——大功告成！

剎那——暴雨滂沱雷鳴電閃
——擊中金剛力士——
渾身肌肉臂膀青筋搏動著

銅鈴巨眼、熾光灼灼
怒目狂笑震懾數百里——
搶走雲蝶的美酒暢飲，揮舞金剛杵
擊碎寺堂天井衝破雲層——朝滿月飛去

雲蝶見狀，拍掌狂笑：
飛呀飛呀自由狂傲的神靈！
飛吧飛吧——去找米開朗基羅的基督鬥法！

無鞘刀

你，如一把無鞘刀，鋒芒畢露，但好刀應該放進刀鞘裏。

——《椿三十郎》

舉刀——
月光下揮舞著亙古精魂
紛飛的火花潑灑了水銀
赤腳舞步挪移，畫出決絕
——潑墨抽象的圓

敵即是我——對立即一
熾烈風火，合奏著浪人劍客的鬢鬚

拋棄了自我箝涉
拋棄了月光指揮引力幾何

最終緘默，蟬鳴迅疾一刃
——嗖——
——武滿徹傾瀉出黑洞奏鳴曲

對手，濺血倒下——
潑灑了滿地紅滴畫
他的魂魄轉世為波洛克

劍客——向屍首鞠躬
自省，反躬
刀，緩緩慎重地收進了鞘

風颯然……
凝望著劍客的身影
逐漸消褪

詩——理當如鞘
凝鍊自我，理念莊嚴
鞘內——
藏著恆久緘默
迸發如火山的——無鞘刀

法華三首

她，提著魚籃悄然現身陝右，全陝右男子無不為之傾倒。由於求婚者眾，她昭告：「誰若能一夜背誦《法華經》七萬言，我就嫁給他。」男子們無不認真誦讀，最終競爭者——只剩我在內的三名男子。

「我如何嫁給你們三人？誰若能一夜澈悟法華神髓——我就嫁給他。」

法華之一——仙鵝湖畔

子夜——
我專注，幾乎是賭上性命地
冥想，她提著魚籃
清透古雅的容貌逐漸
——虛空消融

法華經。字句幻化——
花沉香縈繞著梵音，伴隨著
眾多婀娜羽衣天人，翩然降臨……

「最後的幻境？天人？
比起青樓女子，也美上不了多少呀。」
我微微笑了，依舊不為所動

夜色逐漸褪去
天人早已杳無影蹤
我卻依舊苦惱法華神髓，忖思
「法華經云，十方佛土
唯有一乘法。」如果、如果萬法
皆為一乘……

一翡綠蜉蝣落入鏡澈湖面
倏忽，憶起此偈
「應無所住而生其心。」源自
令六祖得度的金剛般若波羅蜜經

緊咬牙根，以賭徒之心依循此偈
公式般持續覺照，參問
自我源頭——至無可探處

清脆鳥鳴響起——
緩緩睜眼，朱鷺振翅飛來
悠然點水了寧鏡無波的仙鵝湖
隨即——
鼓翅飛去

自我——彷若隨著朱鷺而去，悄然消解了……

「這就是了？」
沒有巍峨的如來召喚
更遑論讓人望而生畏的
牛頭馬面與地獄輪迴……

「深奧的大乘佛法也不過如此哪！」
那一瞬間，我隱隱失落，遂
撿起薄石，無心投入
晨曦下，粼粼波光的陝右仙鵝湖

法華之二——中陰身

骨灰，很沉……
隨著誦經聲，檀香浮縷飄零
記憶灰燼，深夜裏悄然湧現

新婚夜
妳花釵鈿妝，縑羅輕容
出落的玉潤，卻心事重重
終於，妳坦承了示現因緣
「為了傳播佛法，我乘願化身，
尋覓能領悟法華奧義的至人……」

為何
凝望著妳

純澈至極的眼
喜悅的淚，不自覺流下了？

一炷香之後，妳靜靜走了……
眼前，老朽腐屍，嘲弄著
愛的饑渴，與荒謬
所謂慈悲，竟是如此
——冰冷、決絕與漠然？

我去意已決，遁入石窟
以斷腕之心凝神兀坐
不分晝夜，終於
驅使魂魄金蟬脫殼——化入中陰

那是何等詭譎之境——
瀰漫大霧散去……
鬼火燐光四起
哀嚎遍野——刺耳咆哮迴盪著：

『褻瀆菩薩的罪人哪！
速速歸返肉身，否則……
爾將永墮無間地獄！』

剎那——地底竄出無數觸手利爪
掙扎拽入深淵無盡……幾近窒息
熾滾血河奔湧而來
無數魂魄氽淹哀嚎、撕毀自身皮囊
——疑惑湧現

如神識業已脫離肉身
皮囊、種種五感覺受——從何而來？

思即至此，畏怖執念澈底摧破！
無數醜濁神怪見狀，群起
厲聲咆哮——持武器枷鎖撲來
空中射來億萬燃火飛箭——

我，依舊冷眼默照，不為所動
甚至拒絕祈禱
種種幻景逐漸褪去
周遭復歸寧靜——無垠虛空
不久，一道慈柔白光緩緩浮現……

我，一無所懼
——迎向那光

法華之三——化身

光暈逐漸成形——
熟悉的臉龐悄然浮現
煥發著清透，澈白

我認出了她
她，卻始終與我保持距離
為何，妳要離開我呢？我問
她的眼眸——和煦清冷

我，從未離開你，而是選擇了你
你，絕望的手
永恆翺翔的孤傲海鷗
飛越了
無盡潮溼
——虛擲放浪的輪迴

難道，你不曾對反覆的愛憎
感到空洞？

她，飽滿纖指
自淨瓶取出楊柳，潑灑
露珠——透亮一滴，幻化——
燦曜雲臺樓閣如雲岡石窟壁畫流淌
法華羽衣天人，二度降臨——

剎那——化為老朽皮囊湮滅……

她：
天人亦將五衰
萬有，攜皆邁向腐朽命運
拋下最後的執念吧！
你將成佛，離苦得樂，復歸
——無垠虛空

露珠，再度示現——
行者、羅漢兀坐，閉目凝神
如輕羽墨痕——彷若諭示
生命——無非從虛無邁向虛無的……

我：
別給我抽象的答案，我要妳！
與妳一起，像凡人一樣經歷
生、老、病、死

我拋棄了悟、拋棄生命
拋棄了讓我自豪的一切……

妳難道不明白
無盡永恆裏——
時間，早就失去了意義……
真摯的渴，永遠不會被遺忘
我虛無的生命，因妳，而盈滿綻放——

兌現承諾！
或是讓我墮入永劫不復的地獄！
我無畏無懼，欣喜承受！

菩薩，靜默不語
一滴淚
緩緩流下了

那一滴眼淚
化成了
花神

武則天問法

一塵中現無量剎，而彼微塵亦不增。

——《大方廣佛華嚴經》

那雪衣鸚鵡輕靈翱翔
——於莊嚴璨曜的神都洛陽
——飛過了無數參天樓閣寶剎
——飛越那巍峨萬國頌德天樞
——飛越了綾羅飄漾與外國商賈
——飛入萬象神宮裏一只金籠

神宮皇座上，端坐著
無上尊貴——金輪聖神女皇武則天

思及萬物皆逝……
武則天攬鏡自照，泛起愁容
她下旨——召見法藏國師，宣講華嚴

更野心驟起，渴望親睹——華嚴奧義

法藏國師奉旨前來
著華麗紫金袈裟
威儀莊嚴步入大殿，隨即
號令僧工安放——
十面華麗巨大銅鏡
依循算經幾何精準
建構鏡室，安置壇城
壇城上供奉威嚴金獅像
金獅像前，放置一只纖巧
——天竺蜂蠟燭

眾仕女列隊撫琴奏鳴
神宮大樂仙音龍柱繚繞

唱和恭迎聖神女皇聽法
武則天疑惑，步入晦暗鏡室
法藏國師彈指一瞬——點亮蜂蠟

剎那——火光燦耀——
十方銅鏡，映射出重重無盡，金獅綻放——
武則天——懾魄讚嘆……
法藏國師順勢說法，輔以莊嚴手印
艱澀華嚴——幻畫為優美燦幻的仙界詩歌

「一即是多——多即是一
萬有本質如金。
幻化如獅，金性不變——
宇宙萬有，皆永恆
——輝映燦曜的無時間。」

武則天，喜悅流淚
淚眼矇矓中……
金獅幻化——無垠金沙流淌，形成——
無數迴旋分形經緯綾緞
音符——縷縷金絲芒光羽化
一念——創造與毀滅
共時性，合奏
響起——

她看見了無盡過去
她看見了遙遠未來
她看見了法藏叛變——武周滅亡
她看見了天空翺翔無數厲鳴鐵鳥
她看見了奧本海默的憔悴音容
她看見了病毒肆虐、核彈爆發了蕈狀雲

她看見了麥可・傑克森埃及神變
她看見了伊拉克軍閥焚燒科威特油田
她看見了俄烏戰爭、無數恐怖攻擊——以神之名
她看見了AI崛起、遙遠星雲外的詭譎生命
她看見——

第五章

千面英雄

超越空無之後，我回歸世界，大斧劈鑿創作，恣意形塑内心迸發的宇宙。我在無數神話與英雄原型裏看見自己——照澈本心，也在自己身上，實踐神話——英雄旅程的召喚。

千面英雄

原始——心音震撼——
幻化為無數
神祇英雄的臉

呼應——生命
駁雜，矛盾無解的
恆等式

遊戲，奔跑著
迎向虛空——浩瀚——

最終
超越了英雄旅程
是誰？在自問，自答？

那孩童
依舊凝視著
生命信息——永恆敬畏

一拳

——致林郁婷

忽視
刻意，擾亂歧視
惡毒嘲弄——詆毀的
魔法

遺忘了
所有訓練
——預判心理

守護母親的
初衷

眼前
對手，出拳速度
趨緩……

化為緩慢，流淌的
藍色綢音——
純粹，抽象之
舞——
無我，一拳擊出——

精靈的復仇

——致雪維亞・普拉絲

我與你——鐵鏽般
的血，與骨
你，僵硬的下巴彷若
摩艾石像般
任性，自命不凡

不羈、邪惡的——掠食之鷹呀
於我的一生，扮演了
——最荒誕的
丑角

面具下
忌妒與恨傾瀉著……
驅使靈肉奔向了毀滅

竟是我詩裏——最深邃的
泉源？

地獄號角哀鳴——伴隨著
浩瀚黑翅翼撲飛襲來……

祂，怒火灼燒的眼
緊咬黑髮，攥握著烈焰三叉戟
叉著血髑髏——如我詩裏鮮活的
血痕，傷口咆哮——

——我聽見復仇的號角響起了
——我聽見勝利的凱歌響起了

生前，我的靈肉附屬於你
死後——你的一切，將附屬於我

記住，我無法殺死你
但我的骨灰餘燼
將吞噬你的詩
——你的靈魂，你的一切

看著吧——
我將在詩裏
進行——精靈的復仇

如刀的書寫

——致安妮・艾諾

我，鏤刻了種種——
病痛、隱私、經血
滄桑亂髮背後的
墮胎、霸凌、性侵……

嚎叫聲四起——
不意外，是批判文字鄙俗？
還是語言乾澀？

抑或是刺傷了你們
高尚、布爾喬亞式的
虛偽假面？

書寫——渴飲赤裸的
疼，多麼美！

無論乾涸的唇與皺紋
是否淌血

冬烘們，我欣然戴上
你們賜予——充滿忌恨的桂冠
我——將依舊兀立
以血，溫柔堅定召喚……

——傷口，被藏匿
被侮辱與被損害者
擁抱陽光

如刀的
書寫

是對生命的熾愛
最後的
——尊嚴宣示

葉先生

——致古典詩詞百年巨擘葉嘉瑩先生

掌心高舉，揮扇——
堅毅目光，穿越了荏苒
——峨瀚古今

冥感召喚——古今詩人之魂
是風流、頹喪？還是
深埋著度世之悲？

詩詞雨——
灑落了搖曳竹林
釀造了金色童年
冶煉著磐石，緘韌風雅
那古樸之境已不在
又如何？

走過戰火、走過了生離死別
踏遍世界，面對無數純摯的眼
酌據，不容妥協，悠悠吟誦——
被遺忘的平上去入

晶澈古音——
——迴盪著空谷無垠的澈響——

纖薄之軀——
踏上了磅礴驟起的詩詞巨浪——

妳——徹骨兀立，一無所懼
迎向大時代更迭
迎向命運熯熾的烽火
——一百年

任加五首

——致艾德遜．阿蘭德斯．多．
納西門托，球王貝利

任加之一——那顆球

飛來——從那迂迴曲折狹巷
殺出，精準命中——
花生攤潑喇天鼓響——

飛揚小腿奔馳著奔馳……
憤怒的老闆顳頊追逐著

光——溼漉漉滲透——
穿越了凌亂電線、飄揚彩衣
穿越——青芒果樹結石累累
野性不羈豹紋湧動著

我們放肆嚎叫

赤腳快樂作夢的
踢呀——
舊衣服與舊報紙纏繞的
球

任加之二——墜落

無數高大怪物衝來
朝腿部蓄意攻擊——
賽場上
預謀的奚落、嘲諷與侮辱——
鎂光燈頻閃——利刃般
——威嚇著原始恐懼

呆板訓練與制約，謀殺著靈魂咆哮：
「不准在賽場使用屈辱的任加！」
決斷剎那，渾身顫抖……

自我呢？
父親，最優秀的足球員——
緘默承受著底層生活，傳授我以
任加——青芒果飛躍著
控球技法

不曾聽見
呆板絕望的嘆息
背地裏，他猶豫失落的
腿傷與自尊，屈辱淚水
流淌著未完的渴

——我知道，我都知道，但是……

失足下墜——日復一日……

我是誰？無法吶喊的

分裂——瑟縮的，瑟縮的，瑟縮……

任加之三——非洲的太陽

暈厥，倒下……

瀕死的光，迎來父親溫暖的手

扶起

他的聲音，迴盪著……

——要接受最真實的自我

眼前浮現了叢林，肅殺瀰漫

殖民者追逐著逃跑黑奴，被束縛的雙手
——迅疾奔跑著，迅疾如豹

來吧！殖民者……
原始吶喊著戮力抵抗！
翻滾身軀融入翻騰騬鼓響
高空中形成緩慢——優美圓弧
剛勁猛烈一踢——倒下了殖民者奄奄一息

叢林裏，無數祖先
咆哮著卡波耶拉，錘鍊猛勁腿法——
獻祭，給遙遠的
大地之母

獻祭
非洲的太陽
煞——
備受欺凌，被壓抑的一切
化為嘶吼——上帝的憤怒

任加之四——炸裂

電擊——理智斷裂
穿越了
黑色的太陽
赤黑血
噴湧著恐懼，意志流淌

美麗的
銀河流淌……

足球，從遙遠巨大光圈迅疾飛來……
不羈叛逆的慧星——畫出無心，優美幾何
穿越自我——
碎裂了僵化，琉璃軀體
萬有炸裂，花火炸裂——

種種刻意訓練，預判謀略
對手惡意的忌恨衝撞
炸裂——迸發著幸福閃耀炸裂的心流

——他們，也是我的一部分，不是嗎？

我，看見了我，與童年好友
遊戲尖叫奔跑著顛球，傳球……
踢——

足球，飛入了銀河——無垠光圈
消失了……

睜開雙眼，回到賽場

微笑著
走向隊友

走向，所有的對手

任加之五——Joga Bonito

——踢——傳球——

優雅凌越敵人——

——飛越頭頂

輕盈的——

華——

爾——

滋——

任加舞，倒掛金鉤——

——唯

——美

——弧

——度

——飛

——衝

向……

得分————————巴西沸騰…………

強權，詫異，靜默

偉大的，任加覺醒

感召了集體浩瀚的……

喚醒巴西————————

全世界，頻閃著黑白銀幕

親證偉大的奇蹟降臨大地了呀！

煞————

誰，暈厥了？只因為靈視……

——未知力量占據了謙卑
足球員漂浮——腳下泥土成空——
——僵死繪畫揚起奔放舞動的線條——
——飛行球踢畫出純粹的數——優雅弧線
湧動著——美麗、流淌的模糊動態……

銀河！
銀河！
賽場幻化了浩瀚銀河——

多美呀！
多麼美呀！

只為了純粹、自由的
運動的美——Joga Bonito

七個自我

我是誰？——齜牙怒吼的
荒原之狼
七個自我——彼此辯證，操控著
——七道闇巫
多愁善感的夢遊者——
——狂傲自由的創造者
反智嗜慾的放縱者——
——光輝明澈的開悟者
技藝高超的剽竊者——
——陰狠毒辣的復仇者
人道主義的叛逆者——

永恆謎——心音震顫
剎那狂喜——篩煉多重宇宙

電影導演、小說家、編劇、詩人、演員
不被承認的Outsider……

嘶吼、攫取、蠻橫生長……
偷盜靈思之火——自一切萬有

拍掌——花火，剎那湧現——

國家圖書館出版品預行編目

花神的跫音 / 侯宗華著. -- 高雄市：黑科技電
影工作室, 2025.06
面；　公分
ISBN 978-626-97359-3-8(平裝)

863.51　　114007255

花神的跫音

作　　者／侯宗華
出版策劃／黑科技電影工作室
830025 高雄市鳳山區經武路8號三樓
電話：0973063380
製作銷售／秀威資訊科技股份有限公司
114 台北市內湖區瑞光路76巷69號2樓
電話：+886-2-2796-3638
傳真：+886-2-2796-1377
網路訂購／秀威書店：https://store.showwe.tw
博客來網路書店：https://www.books.com.tw
三民網路書店：https://www.m.sanmin.com.tw
讀冊生活：https://www.taaze.tw

出版日期／2025年6月
定　　價／320元